요리를 한다는 것

The chef says

요리를 한다는 것

나흐 와스만 · 매트 사트웰 엮음 | 장준우 옮김

JINOPRESS

셰프가 무슨 말을 하든 당신이 해야 할 대답은 하나뿐이다.

바로 "예! 셰프."

주방에서 잔뼈가 굵은 요리사들은 안다. 셰프의 지시를 빠르고 정확하게 의심 없이 실행하는 게 얼마나 중요한지. 이걸 잊어버린 요리사는 새로운 일자리를 자꾸 찾을 수밖에 없다. 폭풍같이 몰아치는 주방에서 "아, 그게……" "왜요?" "이렇게 하는 게 어때요" 같은 말은 결코 용납되지 않는다. 셰프가 말하면 요리사들은 무조건 따라야 한다.

훌륭한 셰프는 겸손하지도 소심하지도 우유부단하지도 않다. 그들에겐 비전과 아이디어가 있고, 이를 구체화하려는 의지가 있다. 그렇기에 요리사로 가득한 주방을 진두지휘하며 열정을 불사른다.

현명한 셰프라면 직원들에게 창의적인 의견을 내라고 장려하지만, 사소한 방해로 레스토랑 전체가 혼란에 빠질 수 있는 상황이 생기길 원하는 셰프는 없다. 그렇기에 셰프의 말은 비록 늘 친절하진 않더라도 날카롭고 명확하다.

식음료 전문 서점을 운영하다 보니 늘 셰프와 요리사 들을 만난다. 우리는 매일같이 그들이 다른 요리사들이 하는 일과 해온 일에 얼마나 관심 있는지 알게 된다. 로어 이스트사이드의 떠오르는 신예 셰프라면 자신의 감자퓨레를 조엘 로부숑의 시그니처 메뉴인 감자퓨레와 똑같이 만들고 싶어 하지 않을 것이다. 하지만 다른 셰프의 아이디어를 만나는 것만으로도 상상력이 자극될 수 있다. 그녀는 로부숑의 방식이 별로라고 판단되면 완전히 다른 방식으로 접근할 수 있다. 어찌 되었건 로부숑의 아이디어는 그녀에게 영감을 주는 불꽃이 된다는 점에서 의심의 여지가 없다.

우리는 이 책이 요리사와 셰프들이 창의적인 생각을 하는 데 큰 자극제가 되기를 바란다. 그렇기에 이 책의 작동 방식을 보여주고자 몇 가지 아뮤즈 부쉬(식전 요리)를 제공하고자 한다.

당신은 어쩌면 "내가 행복하면 대부분의 고객도 행복할 것이다"라고 말한 토머스 켈러의 낙관적인 주장에 동의하지 않을 수도 있다. 또한 제레마이어 타워가 "요리사들은 긴장과 피로를 극복하기 위해 열심히 놀아야 하기에 나쁜 행동으로 악명이 높다"라고 말한 걸 비웃을 수도 있다. 하지만 "음식을 만들고 요리할 땐 나 자신이 되어야 한다. 최선을 다해 자신이 해야 할 일을 해야 한다"라고 한 뉴올리언스의 전설적 셰프 레아 체이스의 말에는 고개를 끄덕이며 수긍할 수도 있다. 이것이 바로 생각의 출발점이다.

나흐 왁스만, 매트 사트웰

All I ever wanted was a restaurant.

Cindy Pawlcyn (1955–)

나는 늘 레스토랑을 갖길 꿈꿔왔다.

신디 파울슨(1955-)

I was lucky to have grown
up in a poor family. If I had
been rich, I might have become
a lawyer....But I was poor,
and God made me to be a chef.
I smell like a chef, I feel like
a chef, I look like a chef. I am
chef....I could have been a
millionaire....What a disaster.

Michel Richard (1948–2016)

나는 운 좋게도 가난한 가정에서 태어났다.
집이 부유했다면 변호사가 됐을지도 모른다.
하지만 나는 가난했고, 신은 나를 셰프로 만들었다.
나는 셰프처럼 향을 맡고, 셰프처럼 느끼며,
셰프처럼 본다. 나는 셰프다…….
백만장자가 될 수도 있었지만
그랬다면 얼마나 끔찍했을까.

미셸 리샤르(1948-2016)

WORKING IN THE
KITCHEN IS MY
SOUL AND MY LIFE,
AND I LOVE IT.
I'M NOT THERE
BECAUSE PEOPLE
EXPECT TO SEE ME;
I AM THERE BECAUSE
I WANT TO BE.

Heinz Beck (*1963–*)

주방에서 일하는 건
나의 영혼이자 나의 삶이다.
그 일을 너무 사랑한다.
나는 사람들이 바라기 때문에
그곳에 있는 게 아니라
내가 원하기에 주방에 있다.

하인츠 벡(1963-)

There are many people
who claim to be good
cooks, just as there
are many people who,
after having repainted
the garden gate, take
themselves to be
painters.

Fernand Point (*1897–1955*)

세상엔 스스로 훌륭한 요리사라고
자처하는 사람들이 많다. 마치 정원
대문을 다시 칠한 후 스스로 화가라
칭하는 사람들이 많은 것처럼.

페르낭 푸앵(1897-1955)

The difference between
being a good cook
and a good chef is as
big as the difference
between playing online
Texas Hold 'Em in
your pajamas and
holding a chair at the
World Series of Poker.

Gabrielle Hamilton (1966-)

좋은 요리사가 되는 것과
좋은 셰프가 되는 것에는
큰 차이가 있다.
잠옷 차림으로 집에 앉아
온라인 카드 게임을 하는 것과
포커 세계 대회에 나가
게임을 하는 정도랄까.

가브리엘 해밀턴(1966-)

We don't remember
the exact age when
I told my mother
I wanted to be a cook,
but she still keeps
a cooking coat she
made for me when
I was only nine.

Joan Roca (1964–)

요리사가 되고 싶다고
어머니께 얘기했을 때가
언제인지 모르겠지만,
어머니는 내가 아홉 살 때
나를 위해 만들어준 조리복을
아직도 간직하고 계신다.

호안 로카(1964-)

MY FATHER CRIED WHEN I SAID I WANTED TO BE A CHEF.

Michael Symon (1969–)

셰프가 되고 싶다고 이야기했을 때
아버지는 눈물을 흘리셨다.

마이클 사이먼(1969-)

I'M NOT SELF-TAUGHT. I WAS TAUGHT BY A NUMBER OF GREAT CHEFS THROUGHOUT THE YEARS WHO TOOK TIME WITH A SMART-ASS KID.

Hugh Acheson (1971–)

나는 혼자서 요리를 배운 게 아니다.
똑똑하지만 싸가지 없던 어린 나를 데리고
수년간 함께 시간을 보낸 수많은
훌륭한 셰프들에게 가르침을 받았다.

휴 애치슨(1971-)

I am self-taught,
and proud of being so.
What I may lack
from not having had
a master to guide me,
I have gained in
enjoying the freedom
to indulge my curiosity.

Raymond Blanc (1949-)

나는 독학으로 요리를 배웠다.
그렇게 된 게 자랑스럽다.
지도해줄 스승이 없었기에
부족한 부분도 있었지만
그 대신 마음껏 호기심을
펼칠 수 있는 자유를
누릴 수 있었다.

레이몽 블랑(1949-)

The person who makes the food— his physique, his food, his soul— is unique. It is like fingerprints or handwriting.

Musa Dagdeviren (1960–)

음식을 만드는 사람은
육체와 음식, 심지어 영혼까지도
고유한 특징을 갖고 있다.
그것은 마치 지문이나 손글씨와도 같다.

무사 다그데비렌(1960~)

THE FOOD ON THE PLATE
ESTABLISHES A DIALOGUE
WITH ME. ALMOST IMMEDIATELY
I KNOW THE COOK'S AGE, HIS
LEVEL OF CULINARY TRAINING,
HIS EXPOSURE TO CURRENT
REFERENCE POINTS, THE LEVEL
OF PALATE DEVELOPMENT,
SINCERITY, SENSE OF HUMOR,
AND SIZE OF EGO.

Patrick O'Connell (1945–)

접시 위에 놓인 음식은 내게 말을 건다.
음식을 보면 요리사의 나이와 실력,
트렌디함, 미각 수준, 진정성, 유머 감각,
그리고 자아의 크기를 대번에 알아챌 수 있다.

패트릭 오코넬(1945-)

If there is a career
which has a lifelong
apprenticeship,
it is certainly ours.

Georges Blanc (1943–)

평생 견습생 생활을 하는
직업이 있다면 그건
분명 우리다.

조르주 블랑(1943-)

You need an entire life just to know about tomatoes.

Ferran Adrià (1962–)

토마토 하나를
제대로 이해하는 데도
평생이 걸린다.

페란 아드리아(1962-)

THE ART OF COOKING IS PERHAPS ONE OF THE MOST USEFUL FORMS OF DIPLOMACY.

Auguste Escoffier (1846–1935)

요리 기술은

아마도 가장 유용한

외교 형태 중 하나일 것이다.

오귀스트 에스코피에(1846-1935)

I BAKED BREAD FOR THE FIRST TIME TO IMPRESS A GIRL.

Jim Lahey (1966–)

나는 한 소녀에게
잘 보이기 위해
처음 빵을 구웠다.

짐 라히(1966-)

MY MOTHER LIKED
TO BAKE. I DON'T.
I DON'T DO IT WELL,
BECAUSE YOU HAVE
TO BE RIGHT ON
TARGET. I THINK THAT
IS WHERE BAKING
AND I FALL APART.

Leah Chase (1923–2019)

어머니는 빵 굽는 걸 좋아하셨지만
나는 아니었다. 목표한 대로 정확히
해야 하는데 나는 썩 잘하지 못했다.
내가 제빵과 멀어지게 된 이유다.

레아 체이스(1923-2019)

My whole approach is
to look in cupboards and
throw a bunch of stuff
together. It can't really
be bad if it's coated
in chocolate and butter.
Just enjoy yourself.

Christina Tosi *(1981–)*

나는 찬장을 뒤져 여러 재료를
꺼낸 후 이것저것 섞어본다.
뭐든 초콜릿과 버터로 코팅하면
맛이 없을 수 없다.
그냥 즐기면 된다.

크리스티나 토시(1981-)

There are at least as many different renditions of the "authentic" as there are cooks to provide them.

Paul Bertolli (1953–)

'정통'에는
요리사의 수만큼
각기 다른 버전이 존재한다.

폴 베르톨리(1953-)

I DON'T DO IT
LIKE MAMMA
DID IT, BECAUSE
MAMMA—JUST
BECAUSE SHE
DID IT—DIDN'T
NECESSARILY
DO IT RIGHT.

Michael White (1972–)

나는 엄마가 한 대로 하지 않는다.
엄마가 했다고 해서 반드시
제대로 한 건 아니기 때문이다.

마이클 화이트(1972-)

TODAY'S INNOVATION IS TOMORROW'S TRADITION.

Lidia Bastianich (1947–)

오늘의 혁신은 내일의 전통이다.

리디아 바스티아니치(1947~)

I'm sometimes portrayed as taking a stick to gastronomic tradition, but
I believe that what I'm really doing is taking up a baton and running with it.

Heston Blumenthal (1966–)

내가 때때로 미식 전통에 도전적인 것처럼
그려지기도 하지만, 내가 정말 하고 있는 일은
바통을 이어받아 함께 달리는 것이라 믿는다.

헤스턴 블루멘탈(1966-)

THE KITCHEN IS AN
AWESOME PLAYGROUND.
IT'S A PLACE FOR YOU
TO EXPERIMENT, TO LOVE,
TO TAKE THOSE RISKS,
TO PUSH THE BUTTON,
TO PUSH THE ENVELOPE.
WHAT'S GONNA HAPPEN?
IF IT SUCKS, YOU'RE
GONNA EAT IT, YOU'RE
STILL GONNA EAT IT.

Barbara Lynch (1964–)

주방은 정말이지 끝내주는 놀이터다.
뭐든 실험하고 즐기며 한계 없이
도전해볼 수 있는 곳이다.
뭐 큰일이야 벌어지겠는가?
맛이 뭣 같다고 해도
먹어 치워버리면 그만이다.

바버라 린치(1964-)

You must think
like a child with
the eyes of a chef,
open and naive.
Never say something
doesn't work or
is impossible to do.

Juan Mari Arzak (1942–)

마음을 활짝 열고 순진무구하게
셰프의 눈을 가진 아이처럼 생각하라.
불가능하다거나 안 될 거란 말은 절대 하지 마라.

후안 마리 아르작(1942-)

WHEN I LOOK
AT A DISH, I THINK,
WHAT CAN BE
REMOVED WITHOUT
COMPROMISING THE
DISH OR SACRIFICING
FLAVOR? ONLY
WHEN IT'S PARED
DOWN TO ITS ESSENCE
IS IT FINISHED.

David Kinch (1961–)

나는 음식을 볼 때면 생각한다.
구성을 해치거나 맛을 희생하지
않으면서 무엇을 더 뺄 수 있을까?
불필요한 것들이 제거되고
오직 핵심만 남을 때
음식은 비로소 완성된다.

데이비드 킨치(1961-)

A salad with too many walnuts or a sauce with too many capers is like a Sunday with too many free hours— you stop appreciating the pleasure they provide. I think about that when I cook. Put just enough sweet cubes of carrots in a soup, and you won't have to search too hard to find one, but when you do, it'll still give you a little thrill.

April Bloomfield (1974–)

호두가 너무 많이 들어간 샐러드나
케이퍼가 너무 많이 들어간 소스는
마치 시간이 남아도는 일요일과 같다.
그것들이 주는 감사함을 못 느끼게 된다.
나는 늘 그걸 생각하며 요리한다.
수프에 달콤한 당근 조각을 적당히 넣었다면
그걸 찾았을 때 여전히 작은 설렘을 얻을 수 있다.

에이프릴 블룸필드(1974-)

I don't believe
in putting a nuance
of ginger in a dish
such that you
can barely taste it.
If you say there is
ginger in the sauce,
you should really
be able to taste it.

Ming Tsai (1964–)

음식에 생강 뉘앙스를 주었다는데
생강 맛이 전혀 느껴지지 않는다면 문제가 있다.
소스에 생강이 들어 있다고 말하려면
정말로 그 맛을 느낄 수 있어야 한다.

밍 차이(1964-)

WE TRY TO SMASH YOUR FACE IN WITH FLAVOR. IT'S AS SIMPLE AS THAT.

Sat Bains (*1971–*)

우리는 오로지
맛으로 본때를
보여주고자 한다.
그건 정말이지
간단한 일이다.

샛 베인스(1971-)

One of the main points about the enjoyment of food and wine seems to me to lie in having what you want when you want it and in the particular combination you fancy.

Elizabeth David (1913–92)

음식과 와인이 주는
큰 즐거움 중 하나는
언제 무엇을 원하든
마음 가는 대로 즐길
수 있다는 데 있다.

엘리자베스 데이비드(1913-1992)

I cook the food that I want to eat, and it just so happens that other people want to eat it too.

Nancy Silverton (1954–)

그저 내가 먹고 싶은 대로
음식을 요리했을 뿐인데
다른 사람들도 그걸 먹고 싶어 한다.

낸시 실버튼(1954-)

When I visualize
a dessert on the plate,
it's an inside-out
experience. I envision
taking a bite of
the dessert—how does
it taste? How does it
feel in the mouth?
The plating comes last,
after I have figured
out the flavor elements.

Emily Luchetti (1957–)

디저트를 만들 땐 먼저 상상해본다.
한 입 베어 먹었을 때 맛이 어떨까?
입 안에선 어떤 감촉일까?
예쁘게 꾸미는 건 마지막이다.
맛의 요소를 파악한 후 할 일이다.

에밀리 루체티(1957-)

Sometimes I look at the plate and get inspired— it's almost like the shape, color, and finish of the plate is telling me what to cook.

Tadashi Ono (1962–)

가끔 나는 접시에서
영감을 얻기도 한다.
접시의 형태와 색깔,
마감은 내가 무엇을
요리할 것인지 알려준다.

타다시 오노(1962-)

To Make the Image of Saint Marthe:...
Make terraces of brown bread, with a
damsel sitting on the terrace, and with
the terrace covered with green tin leaf
strewn with herbs in the likeness of
green grass. You need a lion who has his
two forefeet and head in the damsel's
lap. For him you can make
a brass mouth and a thin brass tongue,
with paper teeth glued to the mouth.
Add some camphor and a little cotton,
and when you would like to present
it before the lords, touch the fire to it.

Taillevent *(Guillaume Tirel, ca. 1315–95)*

성녀 마르타의 이미지를 만들려면……
갈색 빵으로 만든 테라스에 성녀상을 앉힌 다음
양철로 만든 잎과 허브를 흩뿌려 잔디처럼 꾸민다.
그런 다음 사자의 머리와 앞발을 만들어
처녀상의 무릎 위에 놓는다. 황동으로 만든 입에
종이로 된 이빨과 얇은 황동혀를 붙여준다.
여기에 약간의 장뇌와 목화를 얹은 다음
영주에게 선보이기 전에 불을 붙인다.

타이유방(기욤 티렐, 1315-1395?)

DO NOT FUSS WITH THE NATURAL STATE OF THE FOOD JUST TO SHOW THAT YOU ARE A CLEVER COOK.

Mei Yuan (1716–97)

단지 영리한 요리사임을
증명하기 위해 원재료의 풍미를
훼손시키는 짓 같은 건 하지 마라.

원매(1716-1797)

ALWAYS ENTERTAIN THE POSSIBILITY THAT SOMETHING, NO MATTER HOW SQUIGGLY AND SCARY LOOKING, MIGHT JUST BE GOOD.

Anthony Bourdain (1956–2018)

아무리 괴상하고 소름 끼치는
음식이라고 할지라도
좋을 수 있다는 가능성을
늘 열어두고 즐겨라.

앤서니 보뎅(1956-2018)

The stalked tunicate is
an invasive fouling organism
here but a delicacy in
Korea. We have eaten it,
but it looks like a small
penis and squirts into your
mouth when you bite
into it. This is an example
of a challenging ingredient.

Bun Lai *(1971–)*

여기서 미더덕은 별 볼 일 없는
성가신 생물이지만 한국에서는 별미로 통한다.
마치 작은 성기처럼 생겼는데 한 입 베어 물면
입 안에서 육즙이 톡톡 터져 나온다.
도전 욕구를 부르는 식재료 중 하나다.

분 라이(1971-)

IF AN INGREDIENT IS INVOLVED IN A DISH, IT'S BECAUSE ITS PRESENCE IS ESSENTIAL FOR GIVING THE DISH MEANING. THERE IS THEREFORE NO REASON FOR HAVING AN ARSENAL OF GARNISHES THAT SERVE AN INDISTINCT PURPOSE.

Andoni Luis Aduriz (1971–)

만약 어떤 재료가 요리에
들어가 있다면 그 재료는
요리에 의미를 부여하기 위한
필수적인 존재라는 뜻이다.
목적이 불분명한 가니쉬를
잔뜩 쌓아둘 이유는 없다.

안도니 루이스 아두리츠(1971-)

Often I will start with one of my trusted recipes, then I open my box of tricks and add sauces, oils, powders, and garnishes, as a child might experiment with building blocks.

Jean-Christophe Novelli (*1961–*)

나는 종종 가장 자신 있는
레시피로 시작한 다음
비장의 카드를 꺼낸다.
각종 소스나 오일, 파우더,
가니쉬를 추가해 이것저것 시도해본다.
마치 어린아이가 레고 블록을
조립하는 것처럼.

장 크리스토프 노벨리(1961-)

First thing in the morning, you'll see me with books in my hands, doing research on my trade.

Cook in The Man Who Tried to Hide His Face, by the Greek comic playwright Anaxippus (ca. 303 BC)

아침에 일어나면 손에 책을 들고
요리 연구를 하고 있는 나를
볼 수 있을 걸세.

얼굴을 숨기려 한 요리사,
그리스 희극작가 아낙시푸스의
작품 중(기원전 303년경)

When I was twelve,
I decided to become a
chef. I stole a book from
the library about the
greatest restaurants in
France. I'd flip the pages
and dream. I should
return that book to
the library some day....

Eric Ripert (1965–)

셰프가 되기로 결심한 건 열두 살 때였다.
도서관에서 프랑스의 위대한 레스토랑에 관한
책을 훔친 적이 있는데 페이지를 넘기며
셰프의 꿈을 꾸었다. 언젠가는 책을
반납해야 할 텐데……

에릭 리퍼트(1965-)

AS A RECIPE ADDICT, I CAN NEVER HAVE ENOUGH.

Joyce Goldstein (1935–)

레시피 중독자로서,
나는 결코 만족할 수 없다.

조이스 골드스타인(1935-)

I LEARNED TO COOK IN ORDER TO GET AWAY FROM RECIPES.

Tom Colicchio (1962–)

나는 레시피에서 벗어나기 위해
요리하는 법을 배웠다.

톰 콜리치오(1962-)

All of us have,
at one time or another,
salivated over a
picture in a cookbook
and, by dint of hard
work and following the
directions to a T, turned
out something just a
cut above a braised
running shoe.

Gray Kunz (1955–)

누군나 한 번쯤은
요리책에 실린 사진을 보고
군침을 흘리고 레시피를 열심히
따라 한 적이 있을 것이다.
그나마 지시사항을 철저히 따랐기에
결과물은 삶은 운동화보다
조금 나을 수 있었다.

그레이 쿤츠(1955-)

A recipe is at the very least
a method of accounting for
a cooking process. At best,
it captures a memory or
inspired moment in cooking.
But it can never quite tell
enough, nor can it thoroughly
describe the ecstatic moments
when the intuition, skill, and
accumulated experience of
the book merge with the taste
and composition of the food.

Paul Bertolli (1953-)

레시피는 요리 과정을 설명해주는
최소한의 방법이다. 기껏해야 영감을 받은
순간이나 추억을 담아낼 뿐이다.
요리사의 직관과 기술, 축적된 경험들이
음식과 함께 어우러지는 황홀한 순간을
충분히 설명하거나 묘사할 수도 없다.

폴 베르톨리(1953-)

Everything we do,
no matter what we do,
is about the purity
of the ingredients.
You might take a
pineapple and juice
it and gel it and turn
it into a film, but it
still tastes like a great,
ripe pineapple.

Grant Achatz (1974–)

무엇을 하든 우리가 만드는 모든 건
재료의 순수성에 관한 것이다.
파인애플을 갈아서 주스를 만들든,
젤을 만들든, 얇은 필름으로 만들든 간에
잘 익은 파인애플의 맛은 여전히 남아 있어야 한다.

그랜트 애커츠(1974~)

WHEN YOU GET CLOSE
TO THE RAW MATERIALS
AND TASTE THEM AT THE
MOMENT THEY LET GO
OF THE SOIL, YOU LEARN
TO RESPECT THEM. WE NEVER
ALTER THE RAW MATERIAL
TO SUCH AN EXTENT THAT
WHEN THEY REACH THE
PLATE, THEY NO LONGER
HAVE ANY CONNECTION
WITH THEIR ORIGINS.

René Redzepi (1977–)

갓 수확한 식재료를 현장에서 맛보게 되면
재료를 존중하는 법을 배우게 된다.
우리는 원재료가 더 이상 그것들의 기원과
관련이 없어질 정도까지 변형시키진 않는다.

르네 레드제피(1977-)

Eschew the unnatural and artificial.

Shizuo Tsuji (1933–93)

부자연스럽고 인위적인 건 거부해라.

시즈오 츠지(1933-1993)

If you can get past the fact that you're playing God on some level—that I can actually make a turducken that is one solid piece of meat—then why not? If we can agree that it's okay to peel a carrot or boil a potato and mash it, then why not re-form a chicken?

Wylie Dufresne (1970–)

당신이 주방에서 일종의 신 놀음을 하고 있음을
알고 있다면 터덕킨* 한 덩어리를 만들어내지
못할 이유가 뭔가? 당근 껍질을 벗기거나
감자를 삶고 으깨는 건 괜찮다고 하면서
대체 닭을 재구성하는 건 왜 안 되는가?

와일리 뒤프렌(1970-)

* 칠면조 안에 오리, 닭을 함께 채워 구운 요리.

Oh, dearie, dainty doesn't do it in the kitchen.

Julia Child (1912–2004)

오, 얘야,
주방에서
고상한 척은
하지 마렴.

줄리아 차일드(1912-2004)

WHEN YOU'RE HOLDING
A FORTY-FIVE-POUND
LAMB AS SHE CRIES, AND
YOU SLAUGHTER THAT
ANIMAL, YOU'RE GOING
TO USE EVERY LAST BIT
OF IT BECAUSE YOU WOULD
FEEL LIKE A COMPLETE
ASSHOLE IF YOU DIDN'T.

Chris Cosentino (1972–)

울고 있는 45파운드짜리
어린 양을 도축했다면,
마지막 남은 한 조각까지
낭비 없이 요리해야 한다.
그러지 않으면 스스로가 완전히
나쁜 놈처럼 느껴질 테니까.

크리스 코센티노(1972-)

Sometimes, when I look
at the way people treat
meat inefficiently by neglecting
the simpler cuts or just
by overindulging in it, I think
there should be some kind
of driver's license for meat
eaters, for which the test
would be raising and getting
to know an animal, then
killing and eating it.

Magnus Nilsson (1983–)

가끔 사람들이 비선호 부위는 무시하고
특정 부위에만 탐닉하는 걸 볼 때마다
나는 육식하는 이들을 위한 면허증 같은 게
있어야 한다고 생각한다. 동물을 기르고
알게 된 다음 도축하고 먹는 시험 같은 것 말이다.

마그누스 닐슨(1983-)

셰프의 말

A farm turns out a head on
each beautifully well-raised pig,
but nobody's rushing to eat it.
That's where the cook steps in:
you take it, you cook it, you make
it delicious. That's the most badass
way you can connect with what
you cook: elevate it, honor it,
lavish it with care and attention—
whether you're slicing scallions
or spooning up caviar or broiling up
half a pig's head.

David Chang (1977–)

농장에서 훌륭하게 키운 돼지마다
하나씩 돼지머리가 생산되지만
아무도 그걸 써먹으려 하지 않는다.
바로 그 지점이 요리사가 등장하는 순간이다.
돼지머리를 가져다가 맛있게 요리해라.
그것이 바로 당신의 요리와 당신이 연결되는
가장 끝내주는 방법이다. 재료의 가치를 높이고,
존중하고, 정성을 다해라. 파를 썰거나,
캐비어를 한 숟갈 뜨거나, 돼지머리
반쪽을 구울 때도 마찬가지다.

데이비드 장(1977-)

With the relatively small number of people I feed, is it really my responsibility to worry about carbon footprint?

Thomas Keller (1955–)

내 요리를 먹는 사람들은
얼마 되지도 않는데
왜 내가 탄소발자국에 대해
걱정해야 하는가?

토머스 켈러(1955-)

IF I HAVE UNSUSTAINABLE FOODS ON MY MENU THEN I'M A PART OF THE PROBLEM. I CAN'T LIVE WITH THAT. I WANT TO BE PART OF THE SOLUTION.

Ben Shewry (1977–)

만약 내 메뉴에 지속
불가능한 음식이 있다면
내가 문제의 일부다.
나는 그렇게 살 수 없다.
해결책의 일부이고 싶다.

벤 슈리(1977-)

Italians walk into every store with the intention of taking home the very best stuff in the store. They think of this as their God-given right and responsibility— not just an option when they feel like splurging.

Mario Batali (*1960–*)

이탈리아인들은 늘 그 가게에서
제일 좋은 물건을 사겠다는
마음으로 상점에 들어선다.
사치를 하려는 게 아니라
그것이야말로 신이 내린
권리이자 의무라고 생각한다.

마리오 바탈리(1960-)

Parsimony is an excellent source of inspiration.

Mark Best (1969–)

절약은 영감의 훌륭한 원천이다.

마크 베스트(1969-)

The more I cook,
the more I realize that
a chef should not
shy away from mundane
things like making
a lemon vinaigrette.
A chef should take
pleasure in them.

Marc Vetri (1966–)

요리를 하면 할수록 깨닫게 된다.
셰프는 레몬 비네그레트를 만드는 것 같은
평범한 일을 피해선 안 된다는 걸 말이다.
셰프라면 그것들을 즐겨야 한다.

마크 베트리(1966-)

I FRET ABOUT SALADS:
WILL I GET A DECENT ONE
OR SOMETHING THROWN
TOGETHER BY A NOVICE?
MOST RESTAURANTS
MISTAKENLY GIVE THE
LEAST-EXPERIENCED COOKS
THE JOB OF DRESSING
A SALAD, A SKILL THAT
TAKES PRACTICE.

David Tanis (1953–)

나는 샐러드만 보면 늘 걱정한다.
제대로 된 게 나올지 아니면 초보자가
만든 샐러드가 나오게 될지.
샐러드는 상당한 숙련이 필요한 요리이지만
대부분 레스토랑에서 경험이 가장 적은
요리사에게 맡기는 실수를 범한다.

데이비드 타니스(1953-)

Nowadays it seems that if you're
not involved in certain kitchen trends,
you are disqualified before you
even begin: you won't be noticed.
The pressure to follow a path that
is unfamiliar, one that's leading
in the wrong direction, can ruin
potentially great restaurants and
chefs. They take the wrong turn
and end up losing both their way
and their enthusiasm.

Pedro Subijana (1948–)

요즘에는 트렌드를 따르지 않으면
이미 시작도 하기 전에 실격 처리되는 것 같다.
아무런 주목조차 받지 못한다. 익숙하지 않은 길을
따라 가야 한다는 압박감은 잘못된 방향으로 이끌게 되고
결과적으로 잠재력 있는 훌륭한 레스토랑과 셰프를
망쳐버릴 수 있다. 잘못된 선택은 그들의 길뿐
아니라 열정마저 잃게 한다.

페드로 수비하나(1948-)

I view trends in food like haute couture. From wild, wonderful, and wacky come changes, growth, and evolution.

Sherry Yard (1964–)

나는 오트 쿠튀르* 같은 것에서
음식 트렌드를 본다. 거칠고, 경이로우며,
엉뚱한 것들에서 변화와 성장, 진보가 탄생한다.

셰리 야드(1964-)

* 하이엔드 패션.

I mean, I love
me some bacon,
but if I see bacon
in desserts one
more time or
bacon in a drink...
come on now:
I wanted a
beverage,
not breakfast.

Hugh Acheson (1971–)

내가 베이컨을 정말 좋아하긴 하지만
디저트나 음료에까지 베이컨이
들어가 있는 걸 보면…….
제발 좀, 음료를 달라고,
아침식사가 아니라.

휴 애치슨(1971-)

YOU DON'T WANT A PIECE OF LIVER THAT LOOKS LIKE A COUCH, SO WHY SHOULD YOUR CHOCOLATE CAKE LOOK LIKE A CUCKOO CLOCK?

Wayne Harley Brachman (*1947–*)

펑퍼짐한 소파처럼 보이는
간 요리를 먹길 바라지 않으면서
왜 뻐꾸기시계처럼 보이는
초콜릿케이크를 만든 거죠?

웨인 할리 브락만(1947-)

SIMPLE FOOD
DOESN'T MEAN
SIMPLISTIC.
IT REQUIRES
A HEALTHY DOSE
OF SKILL AND
HARD WORK.

Tom Colicchio (1962–)

단순한 음식이라고 해서
쉽다는 뜻은 아니다.
그것을 만들기 위해선
상당한 양의 기술과
노력이 필요하다.

톰 콜리치오(1962-)

If you want to
check a pastry chef's
skill at making
ice cream, taste his
or her vanilla ice cream,
because, with
only five ingredients,
it is impossible
to hide any flaws.

Sarabeth Levine (1943–)

페이스트리 셰프의 실력을
확인하고 싶다면 직접 만든
바닐라아이스크림을 맛보라.
오직 다섯 가지 재료*로는
어떤 결점도 숨길 수 없다.

사라베스 레빈(1943-)

* 바닐라아이스크림은 달걀 노른자, 설탕, 우유,
생크림, 바닐라빈 다섯 가지 재료로 만든다.

When I was young,
I thought it was my job
to always add another
taste dimension to every
ingredient. But these days
I find that approach a little
arrogant. The real work
of a chef is to coax out the
fundamental taste that
is innate to any ingredient.

Yoshihiro Murata (1951–)

젊었을 땐 항상 모든 재료에
다른 차원의 맛을 더하는 게
나의 역할이라고 생각했다.
지금 생각해보면 그런 접근법은
꽤 오만했다. 세프의 진정한 역할은
어떤 재료든 그 안에 있는
본연의 맛을 이끌어내는 데 있다.

요시히로 무라타(1951~)

WHY DAMAGE OR MASK THE FLAVOR OF FINE MEAT, THE VERDANT FRESHNESS OF SPRING VEGETABLES?

Jean Troisgros (1926–83) and Pierre Troisgros (1928–2020)

대체 왜 좋은 고기의 풍미와
봄 채소의 푸릇한 신선함을
감추거나 망쳐버리는가?

장 투아그로(1926-1983),
피에르 투아그로(1928-2020) 형제

GOOD FRESH FOOD IS THE BEST INGREDIENT THAT ANY CHEF COULD ASK FOR.

Ana Sortun (1967–)

좋은 신선식품은 셰프라면
누구나 바라는 최고의 재료다.

아나 소턴(1967-)

JUST BECAUSE TWO
COMPONENTS ARE AMAZING
DOESN'T MEAN THAT
COMBINING THEM WILL
WORK. I HAVE LEARNED
THIS LESSON OVER AND
OVER, USUALLY RIGHT
BEFORE SERVICE BEGINS,
AT WHICH POINT I SPEND
THE REST OF THE NIGHT
MISERABLE BECAUSE
I KNOW WE ARE PRODUCING
LESS THAN OUR BEST.

Daniel Patterson (1969–)

놀라운 맛을 내는 두 재료를 합친다고 해서
반드시 좋은 효과가 나오리란 법은 없다.
나는 이러한 교훈을 계속 얻었는데
보통 요리가 시작되기 직전에 깨달았다.
우리가 최선을 다하지 못했다는 걸 스스로
알기에 남은 밤을 참담한 심정으로 보내곤 했다.

다니엘 패터슨(1969-)

All I need for a good time is a whole pig head, simply roasted, my hands, a lot of napkins, a jar of pickled chilies, and a few friends ready to get elbow deep.

Zakary Pelaccio (1973–)

좋은 시간을 보내기 위해 필요한 건
간단히 구워낸 돼지머리 하나와 내 손,
냅킨 한 뭉치와 고추 피클 한 병,
그리고 헌신적인 친구 몇 명뿐이다.

재커리 펠라치오(1973-)

There is no better accompaniment to pork than pork.

Suzanne Goin (1966–)

돼지고기만큼
돼지고기에
잘 어울리는
짝은 없다.

수잔느 고인(1966-)

Ham held the same rating as the basic black dress. If you had a ham in the meat house any situation could be faced.

Edna Lewis (1916–2006)

햄은 마치 검정 셔츠와도 같다.
햄만 있으면 그 어떤 상황에도 대처할 수 있다.

에드나 루이스(1916-2006)

HAM ISN'T WHAT IT USED TO BE.

James Beard (1903–85)

요즘 햄은 예전 같지 않다.

제임스 비어드(1903-1985)

SOMETHING MAGICAL
HAPPENS WHEN FOOD IS
COOKING—THE REST OF
THE WORLD MELTS AWAY,
AND NOTHING EXISTS EXCEPT
WHAT'S IN THE SKILLET
IN FRONT OF YOU—AND IT
TALKS, BREATHES, AND LIVES.
THE SOUNDS, AROMAS,
TEXTURES, FLAVORS, AND
THE HEAT OF THE KITCHEN—
EVEN THE OCCASIONAL
SEARING BURN—FEEL GOOD.

Donald Link (1969–)

음식을 요리할 때면 마법과 같은 일이 벌어진다.
세상의 나머지는 녹아 없어지고, 앞에 놓인 냄비 안에
있는 것 외엔 아무것도 존재하지 않게 된다. 그것은
말하고, 숨 쉬며, 살아 있다. 요리할 때의 소리와 향,
질감, 맛, 부엌의 뜨거운 열기를 느끼면 기분이 좋다.
가끔 타는 듯한 화상을 입을지라도 말이다.

도널드 링크(1969-)

Even after all this time in the
kitchen, I still love watching garlic
go nutty in hot fat or peeking
underneath a piece of caramelizing
fennel to see it browning and growing
sweeter by the minute.
I love spooning pan liquid over
roasting meat, piling any vegetable
matter on top, and gently smooshing
it. And as many livers as I've
seared in my life, the smell of
one meeting a hot pan still makes
my knees tremble. The small
delights are the most lovely.

April Bloomfield (1974–)

주방에서 그 많은 시간을 보냈건만
나는 아직도 뜨거운 기름 안에서 노릇하게
익어가는 마늘을 보거나, 점점 달콤한 색으로
변하고 있는 펜넬 조각 아래를 살짝 들춰 보는 일을
사랑한다. 육즙을 숟가락으로 떠서 구운 고기에 다시
끼었거나, 그 위에 야채를 쌓아 올린 후 살짝 눌러
요리하는 걸 좋아한다. 살아오면서 수많은 간을
구워봤지만 뜨거운 팬에서 구울 때 나는
그 향기는 여전히 나를 떨리게 한다.
이런 소소한 기쁨들이 너무 사랑스럽다.

에이프릴 블룸필드(1974-)

Butter! Give me butter! Always butter!

Fernand Point (1897–1955)

버터!
버터를 줘!
무조건 버터야!

페르낭 푸앵(1897-1955)

BUTTER, DUDE. BUTTER!

Matthew Gaudet (1971–)

버터야, 친구.
버터라고!

매튜 고젯(1971-)

There are hazards to cooking.

Anita Lo (1965–)

요리에는 늘 위험이 따른다.

아니타 로(1965-)

REMEMBER, IT IS NEVER THE KNIFE'S FAULT.

Daniel Boulud (1955–)

잊지 마,
결코 칼의 잘못이
아니란 걸.

다니엘 불루(1955-)

If I ever get the right material and a kitchen set up how I want it, you'll see a replay...of what happened in the old days with the Sirens. The smell simply won't let anyone get past the alleyway here. Whoever passes by will immediately come to a stop beside the door—struck dumb, nailed to the spot....

Cook in Brothers, by the Greek comic playwright Hegesippus (ca. 180 BC)

만약 내가 원하는 대로 적절한
재료와 주방이 주어진다면
자네는 그 옛날 사이렌의 전설이
재현되는 걸 볼 수 있을 것이야.
음식 냄새를 맡으면 누구도
이 골목을 그냥 지나갈 수 없을 테지.
지나가는 사람 누구라도 그 자리에
못이 박힌 것처럼 멍청한 표정을
지으며 문 옆에 서 있게 될 걸세.

그리스 희극작가 헤게시푸스의
「형제들」 속 요리사
(기원전 180년경)

THE COOK...ALWAYS SEES
THE SAME FOUR WALLS
COVERED WITH COPPER POTS,
WHOSE REFLECTION MAKES
HIM LOSE HIS SIGHT; ADD
TO THIS THE STRESS HE SUFFERS
FROM DEMANDING AND
DIFFICULT WORK AND THEN
THE POISONOUS GAS FROM
THE CHARCOAL BRAZIERS, WHICH
HE BREATHES EVERY MOMENT OF
THE DAY. THIS IS
THE LIFE OF THE COOK.

Antonin Carême (1784–1833)

요리사는 사방이 온통 시력을
상하게 하는 번쩍이는 구리 냄비로
뒤덮인 곳에서 늘 일한다. 여기에
빗발치는 요구, 고된 노동에 따른
스트레스뿐만 아니라 숯불 화로에서
나오는 유독한 연기 속에서 매일
숨 쉬어야 하는 상황까지 더해진다.
이것이 바로 요리사의 삶이다.

앙토냉 카렘(1784-1833)

If you're in our world—
the restaurant business—
you have to be so ready for
a typical Saturday night,
where you have 350 people
coming through the door,
a dish washer doesn't show up,
the drain in the kitchen backs
up, you have a line
cook who cuts her hand
and has to go to the hospital.
That is a typical night.

Susan Feniger (1953–)

만약 당신이 외식업계에 종사하고 있다면
토요일 밤풍경에 익숙해져야 한다.
손님 350명이 문을 열고 들어오는데
접시닦이는 출근도 하지 않았고,
주방 배수구는 역류하고,
요리사는 손을 베어
병원에 가야 하는
그런 밤 말이다.

수전 페니거(1953-)

You ask why we do it? The burns,
the shouting, the early mornings, the
very late nights, the awkward customer,
the stress, the paranoia, the bullshit,
the sixteen-hour days, the seven days
a week, the nine weeks in a row, the low
wages, the graft.... It's because of
this that we do it, and the great staff,
the loyal and happy customers, the new
flavors, the new ideas, the simplicity,
the complexity, the adrenalin, the feeling
of achievement. And above all, I do it
because I love food and booze, and I'm
the luckiest man in the world!

Tom Kerridge (1973–)

화상을 입고, 고함을 치고, 이른 아침부터 늦은 밤까지
진상 고객과 스트레스, 편집증, 헛소리에 시달리며
하루 16시간, 주당 7일, 9주 연속으로 일을 하는데
수당은 낮고, 이직은 잦은 이런 일을 왜 하냐고?
그건 훌륭한 직원들과 행복해하는 단골 고객,
새로운 맛과 아이디어, 단순함과 복잡함, 아드레날린,
그리고 성취감 때문이야. 무엇보다 나는 음식과
술을 너무 사랑하기에 이 일을 하고 있다고.
나는 세상에서 가장 운이 좋은 놈이지.

톰 커리지(1973-)

IF YOU REALLY LOVE
TO COOK AND THINK THAT
YOU MIGHT LIKE TO DO
IT IN A RESTAURANT OF
YOUR OWN SOMEDAY, HERE'S
MY ADVICE: STAY HOME.
HAVE YOUR FRIENDS OVER
FOR DINNER AND GO NUTS.
BUT KEEP OUT OF THE
RESTAURANT BUSINESS.

Charles Phan (1962–)

만약 요리하는 걸 진심으로 좋아하고
언젠가 자신만의 식당을 열고 싶다고
생각한다면 내가 해줄 조언이 있다.
집에 머물러라. 친구들을 초대해
저녁 파티를 열고 마음껏 즐겨라.
하지만 절대 식당은 차리지 마라.

찰스 판(1962-)

Opening a restaurant
is the worst feeling
in the world. When
you open a restaurant,
you live it, you sleep it.
You always have
sawdust on your clothes.
You can't shower the
smell of the place off you.

David Chang (1977–)

레스토랑을 오픈하는 건 끔찍한 일이다.
레스토랑을 열면 당신은 온종일 거기서 살게 되고
잠까지 거기서 자게 된다. 옷에는 늘 뭐가 묻어 있고
샤워를 아무리 해도 음식 냄새는 사라지지 않는다.

데이비드 장(1977-)

WHEN YOU SET OUT TO CREATE A RESTAURANT, YOU'RE NOT DOING IT FOR FAME IN A GUIDE, PROBABLY NOT EVEN FOR THE CUSTOMERS, BUT FOR YOURSELF.

Neil Perry (1957–)

레스토랑을 열 때는
명성을 얻기 위해서나 고객을 위해서가 아닌
온전히 자신을 위해서여야 한다.

닐 페리(1957-)

You can't forget that you cook for customers. If you don't have customers, you close.

Andre Soltner (1932–)

고객을 위해 요리한다는 사실을 잊어선 안 된다.
손님이 없으면 문을 닫아야 한다.

안드레 솔트너(1932-)

My dream restaurant would be a counter with ten seats. I would cook for you, and then serve you, and then do the dishes. Once you delegate, it doesn't matter how many restaurants you do.

Jean-Georges Vongerichten *(1957–)*

내가 꿈꾸는 레스토랑은 열 명 정도
앉을 수 있는 바카운터가 있고
눈앞에서 요리하고, 서빙하고,
설거지까지 할 수 있는 공간이다.
맡길 수만 있다면 몇 개를
운영하든 상관없다.

장 조지 봉게리히텐(1957-)

If you are a chef
and you own your
own restaurant,
it is sometimes more
difficult to make
money because you
are so passionate
about what you do.

Tom Valenti (1959–)

만약 당신이 레스토랑
오너이자 셰프라면,
일에 대한 열정이 강할수록
돈 벌기가 어려울 것이다.

톰 발렌티(1959-)

WHEN I WAS YOUNG THERE WERE
CHEFS THAT I ADMIRED, AND AS I GREW
OLDER AND MORE EXPERIENCED IN
MY COOKING I SAW THAT THOSE CHEFS
WEREN'T CHANGING ANYTHING.
I BEGAN TO LOSE RESPECT FOR THEM.
I DON'T WANT TO BE THE GUY THAT
YOUNG CHEFS USED TO LIKE, AND THEN
THEY THINK, "OH YEAH, HE'S JUST
WASHED UP NOW." ACTUALLY, I'D RATHER
BURN OUT THAN BE THAT PERSON.

Ben Shewry (1977–)

어렸을 때 존경하던 셰프들이 있었다.
나이가 들고 요리 경험이 쌓이면서
그 셰프들은 아무것도 변한 게 없다는 걸
알게 됐다. 그 후로 그들에 대한 존경심을 잃었다.
나는 젊은 셰프들이 한때 닮고 싶어 했지만
"오 그래, 그 사람은 이제 한물갔지"라고 여기는
그런 셰프가 되고 싶지 않다. 그런 사람이
되느니 차라리 번아웃되는 게 낫다.

벤 슈리(1977-)

A restaurant is changing all the time, and if it's not hungry to move forward, it gets stale.

Michael Anthony (1968–)

레스토랑은 항상
변화를 추구해야 한다.
진보하려는 의지가 없으면
진부해진다.

마이클 앤서니(1968-)

TRAVEL BROADENS THE
MIND AND INCREASES
THE POSSIBILITY OF
INSPIRATION. THE TRICK
IS TO IMPORT THESE
IDEAS IN A MATURE WAY
AND INTEGRATE THEM
INTO YOUR OTHER WORK.
A MENU SHOULDN'T
READ LIKE AN ATLAS.

Mark Best (1969–)

여행은 생각을 확장시키고 영감을 얻게 해준다.
여행을 통해 얻은 아이디어를 성숙하게 발전시켜
당신의 작업에 융화시키는 게 중요하다.
메뉴판이 단순히 세계지도처럼 보여서는 안 된다.

마크 베스트(1969-)

WHEN TOO MANY CUISINES ARE REPRESENTED ON A PLATE, YOU'RE NOWHERE.

Peter Hoffman (1956–)

한 접시에 너무 많은
요리 스타일을 담으면
이도 저도 아닌 게 돼버린다.

피터 호프만(1956-)

ABOVE ALL, MY
CUSTOMERS MUST BE
PLEASED, FOR THEY
TRUST US IN COMING
HERE, AND WE DO
NOT HAVE THE RIGHT
TO DISAPPOINT THEM.

Frédy Girardet (1936–)

무엇보다도 우리를 믿고 오는
고객들을 만족시켜야 한다.
우리에겐 그들을 실망시킬 권리가 없다.

프레디 지라르데(1936-)

If you haven't planned well enough to be on time and haven't had the decency to call and tell us, you can dine elsewhere.

Magnus Nilsson (1983–)

예약 시간도 맞추지 못하고,
양해 전화 한 통도 하지 못할 거라면
딴 데 가서 식사하세요.

마그누스 닐슨(1983-)

THERE ARE GREAT
RESTAURANTS, GOOD
RESTAURANTS, AND
POOR RESTAURANTS,
BUT NO RESTAURANT
IS ANY BETTER THAN
THE PERFORMANCE YOU
CAN EXACT FROM IT
BY KNOWING THE CHEF,
THE MAÎTRE D'HÔTEL,
OR THE OWNER.

James Beard *(1903–85)*

훌륭한 레스토랑과 괜찮은 레스토랑,
그리고 별 볼일 없는 레스토랑이 있지만
셰프나 지배인, 오너와 잘 아는
곳보다 더 나은 레스토랑은 없다.

제임스 비어드(1903-1985)

The customer who comes here once or twice a week is a celebrity to us.

Mark Peel (1955–2021)

일주일에 한두 번씩
이곳을 찾는 고객이야말로
우리에겐 유명인사다.

마크 필(1955-2021)

There are people
who expect you to
come out every time,
no matter how busy
you are, even though
you're a guy short
in the kitchen and
you can't leave.

Bill Telepan (1966–)

바쁘든 말든 개의치 않고
매번 셰프가 나와 인사해주길
바라는 사람들이 있다.
일손이 부족해서 주방을 비울
수 없는 상황일지라도 말이다.

빌 텔레팬(1966-)

PEOPLE STILL COME HERE AND EXPECT A THREE-COURSE MEAL IN AN HOUR. WHAT DO THEY THINK I DO— PULL RABBITS OUT OF A FUCKING HAT? I'M NOT A MAGICIAN.

Marco Pierre White (1961–)

사람들은 여전히
아홉 가지 요리가 나오는
세 단계 코스 요리가 한 시간
안에 나오길 바라고 온다.
내가 무슨 망할 모자에서
토끼를 꺼내는 줄 아나 본데……
나는 마술사가 아니라고.

마르코 피에르 화이트(1961-)

A customer is a friend. Whatever they want in my restaurant they can have.

Tetsuya Wakuda (1959–)

고객은 친구와 같다.
내 레스토랑에선 고객이
원하는 건 다 해준다.

테츠야 와쿠다(1959-)

Why am I going to give you a menu? I made the food. Why are you picking?

Mario Carbone (1980–)

내가 왜 메뉴를 알려줘야 하죠?
내가 음식을 만들었다고요.
왜 당신이 고르려 하나요?

마리오 카르보네(1980-)

You either make the food right or you don't.

Daniel Boulud (1955–)

음식은
제대로 만들거나
그렇지 않거나
둘 중 하나다.

다니엘 불루(1955-)

THE DAY YOU RELAX IS THE DAY THAT IT'S ALL GOING TO CRUMBLE.

Tom Kitchin (1978–)

긴장을 늦추는 날은 곧
모든 게 망해버리는 날이다.

톰 키친(1978-)

FEAR MAKES YOU DEVELOP. IT IS CRUCIAL TO THE CREATIVE PROCESS.

Ferran Adrià (1962–)

두려움은 당신을 성장시킨다.
창의적인 과정에 두려움은
반드시 필요하다.

페란 아드리아(1962-)

I LOVE FEELING SCARED. IT MAKES THE WHISKEY TASTE BETTER AT THE END OF THE NIGHT.

Sean Brock (1978–)

나는 두려움이 좋아.
마감 후 마시는 위스키 맛을
더 좋게 하거든.

숀 브록(1978-)

A good drink helps
to alleviate stress and
numbs you to the trivial
concerns of a broken
society—and to any
possible burns or cuts
that occur as a result
of cooking drunk.

Zakary Pelaccio (1973–)

적절한 음주는 스트레스를 줄여주고
망가져버린 세상의 사소한 걱정거리와
술김에 요리하다가 입은 화상이나
상처를 무감각하게 해준다.

재커리 펠라치오(1973-)

I LIKE TO START MY DAY OFF WITH A GLASS OF CHAMPAGNE. I LIKE TO WIND IT UP WITH CHAMPAGNE, TOO. TO BE FRANK, I ALSO LIKE A GLASS OR TWO IN BETWEEN.

Fernand Point (1897–1955)

나는 샴페인 한 잔과 함께
휴일을 시작하는 걸 좋아한다.
또 샴페인 한 잔으로 하루를
마무리하는 것도 좋아한다.
솔직히 말하면 그 사이에
한두 잔 하는 것도 좋아한다.

페르낭 푸앵(1897-1955)

MY GO-TO DRINK
AT THE END OF
THE NIGHT IS
AN ICE-COLD BEER.
A CUP OF EARL
GREY WITH A
SPLASH OF MILK
ALSO HITS THE SPOT.

Patricia Yeo (1959--)

하루를 마무리할 때
가장 필요한 건
얼음처럼 차가운 맥주다.
우유 몇 방울을 넣은
얼그레이티 한 잔도
취향저격.

패트리샤 여(1959-)

There's not a day that
doesn't pass that I don't
have a couple of Diet Pepsis.
That's usually my nightcap.
I know it sounds crazy,
but when I come home from
working and everyone's
sleeping, there's nothing
like a little Diet Pepsi and
the eleven o'clock news.

Michael White (1972–)

하루라도 다이어트 펩시를
마시지 않는 날이 없다.
보통 취침용이다.
정신 나간 소리 같지만,
일이 끝나고 집에 돌아와
모두가 잠들었을 때
작은 다이어트 펩시 한 캔과
11시 뉴스만큼 좋은 게 없다.

마이클 화이트(1972-)

If you have a nice, serene, happy environment where your cooks are calm, I believe that it affects the food and everything turns out better.

Emma Hearst (1986–)

요리사가 쾌적하고, 평온하고,
행복한 환경에 있다면 결국
음식에도 좋은 영향을 끼쳐
더 나은 결과가 나올 것이다.

엠마 허스트(1986-)

I have fired people who
can't suffer their setbacks and
petty failures. If they go
down early and spend the rest
of their five-hour shift that
way, it threatens to sink the
whole boat, and that can't
happen just because you burned
your first omelette and had
to refire it. You've got to get
your GI Jane on.

Gabrielle Hamilton (1966–)

나는 소소한 실패와 좌절을
견디지 못하는 이들을 해고해왔다.
실수 한 번 했다고 남은 근무 시간 내내
좌절에 빠져 지내면 주방 전체가
침몰될 위험이 있다.
첫 번째 오믈렛을 태워 먹었다면
다시 만들면 된다. 주방에선 모름지기
용감한 군인처럼 굴어야 한다.

가브리엘 해밀턴(1966-)

I have a streak of
obstinacy that often
drives my chefs crazy,
but has proved
useful in the kitchen:
I don't take the easy
route and I don't give up.

Heston Blumenthal (1966–)

나는 사람을 미치게 만드는 집요함이
있지만 주방에서는 꽤 유용하다.
내 사전에 쉬운 길이나 포기란 없다.

헤스턴 블루멘탈(1966-)

Well, one day recently my girlfriend
told me that the night before we had a
conversation in my sleep. I said, "No, I sleep
like a log, never talk in my sleep." "Well,"
she said, "last night I felt you poking me
in the small of my back. I turned around,
thinking, 'Oh, he wants to get frisky,'
only to see you brushing my bottom with
your finger like you were reading a book.
I said, 'What are you doing?' and you
replied, 'Looking for a lamb recipe.'"

André Garrett (1972–)

하루는 여자친구가 전날 밤에 내가 잠꼬대를 했다고 얘기했다. 내가 "통나무처럼 자고 있었는데 무슨 잠꼬대를 했다는 거야"라고 하자 그녀는 말했다. "그래? 어젯밤에 당신이 내 등을 쿡쿡 찌르는 느낌이 들길래 스킨십을 하려는 건가 하고 돌아누웠거든. 근데 꼭 책 읽는 것처럼 손가락으로 엉덩이를 만지길래 내가 '뭐하는 거야'라고 물었더니 '양고기 레시피를 찾고 있어'라고 하더라."

안드레 개릿(1972-)

ALL THROUGH HIGH
SCHOOL AND COLLEGE
I WORKED IN RESTAURANTS
AND FELL IN LOVE WITH
RESTAURANT PEOPLE.
IT WAS A BIT LIKE BELONGING
TO A CIRCUS. THEY WERE
SO ECCENTRIC AND
UNUSUAL AND FASCINATING.
AND ABNORMAL.

Patrick O'Connell (*1945–*)

고등학교와 대학교 시절 내내
레스토랑에서 일하면서
그곳 사람들과 사랑에 빠졌다.
마치 서커스의 일원이 된 듯했다.
그들은 너무 기이했고 독특했으며 매력적이었다.
완전히 비정상적인 인간들이었다.

패트릭 오코넬(1945-)

Cooks are a crafty, nonconformist crowd, more so even than waiters, though both are unstable, irresponsible, and often downright infamous.

Nicolas Freeling (1927–2003)

둘 다 불안정하고, 무책임하며,
악명 높기로 유명하지만,
요리사는 심지어 웨이터들보다
더 교활하고 비협조적인 집단이다.

니콜라스 프릴링(1927-2003)

Introductions are awkward, especially in kitchens. Everyone's sizing each other up, and no one wants to take the time to learn your name until you've been to the battle of dinner service enough nights in a row to show that you aren't going anywhere.

Christina Tosi (1981–)

주방에서 자기소개란 특히 어색하다.
모두가 서로를 의식하고 있고,
전쟁과 같은 저녁 서비스를 연속으로
충분히 겪고도 도망가지 않는다는 걸
보여주기 전까진 아무도 시간을 내서
당신의 이름을 외우려 하지 않는다.

크리스티나 토시(1981-)

About five years ago I was
in the locker room putting
on my whites to start the
day. I was standing next
to a new stagiaire, who was
also changing. He looked
over at me and said excitedly,
"So, what do you do around
here?" I was caught off guard
but replied, "I'm the chef."
He said, "Oh," and that was
the last time we ever spoke.

Wylie Dufresne (1970–)

대략 5년 전쯤의 일이다.
하루를 시작하려고 라커룸에서
옷을 갈아입고 있었다. 마침 옆에서
옷을 입던 새로 온 견습생이 나를 한 번
쳐다보더니 신이 난 목소리로 "여기서 무슨
일을 하세요" 하고 물었다. 순간 당황했지만
"나는 셰프입니다"라고 답했다. 그는
"오우……"라고 했고, 그게 우리가
나눈 마지막 대화였다.

와일리 뒤프렌(1970-)

ALWAYS KEEP YOUR DOOR OPEN TO STAFF AND TREAT THEM LIKE FAMILY.

Ming Tsai (1964–)

항상 직원들에게
마음의 문을 열고
가족처럼 대해라.

밍 차이(1964-)

The food was perfect or it was wrong; failure was never an option; and "Yes, chef" was the only proper response to any request.

Grant Achatz (1974–)

음식은 완벽하거나 잘못됐거나 둘 중 하나다.
실패는 결코 선택 사항이 아니다.
어떤 요청에도 "네, 셰프"만이 유일한 대답이다.

그랜트 애커츠(1974-)

The kitchen—which in my experience is staffed by an extraordinarily diverse group of people who become an incredibly close team when dressed in the whites, inhabit a fairly inhospitable space, and produce delicious food on time at different times— is the heart of a restaurant.

Fergus Henderson *(1963–)*

주방은 레스토랑의 심장이다.
흰옷을 입으면 믿을 수 없을 정도로
긴밀한 팀이 되고, 상당히 열악한 공간에
살며, 제각기 다른 시간에 시작해도
맛있는 음식을 제때 만드는 매우 기묘하고
다양한 집단이 근무하는 곳이다.

퍼거슨 핸더슨(1963-)

셰프의 말

EVERY KITCHEN WILL
HAVE TENSION IN IT....
IT'S THE NATURE OF THE
BEAST. IT'S HOT. IT'S STEAMY.
YOU'VE GOT CUSTOMERS
WHO ARE DEMANDING AND
CHANNELING THAT DEMAND
THROUGH THE WAITERS,
AND THE WAITERS ARE
UNDERSTANDABLY TENSE
BECAUSE THEY HAVE
TO PRODUCE THE GOODS.

Sally Clarke (1954–)

모든 주방엔 늘 긴장감이 흐른다.
그건 짐승의 본능 같은 것이다.
뜨겁고 김이 난다. 웨이터를 통해
요구하는 손님들이 있고, 요구에 따라
서비스를 제공해야 하는 웨이터들도
당연히 긴장할 수밖에 없다.

샐리 클라크(1954-)

You can take someone,
and train them, and show
them something, and all
of a sudden they turn
around and they know how
to do it better than you do,
and you go, "Oh! That's
what I really wanted to do
in the first fucking place."

Waldy Malouf (1953–)

누군가를 데리고 교육시키고
뭔가를 가르쳐줬는데 갑자기
당신보다 더 잘하는 걸 보게 된다면
당신은 이렇게 이야기할 것이다.
"내가 애초에 정말 하고 싶었던 게
바로 그거였다고!"

왈디 말로프(1953-)

TECHNIQUES ARE NOT THE MOST DIFFICULT TO TEACH. THE ATTITUDES CHEFS TAKE ARE MUCH MORE IMPORTANT.

Alain Ducasse (1956–)

기술을 가르치는 건 그다지 어렵지 않다.
셰프로서의 태도가 훨씬 중요하다.

알랭 뒤카스(1956-)

YOU WILL NOT LOSE YOUR
HEAD. YOU WILL NOT RUN YOUR
AREA OF OPERATIONS...INTO
A CHAOTIC TRAIN WRECK.
YOU WILL LEARN TO PRIORITIZE
TASKS LIKE A COLD-BLOODED
PROFESSIONAL...SO THAT
FINAL ASSEMBLY, OR "PICK-UP,"
WILL NOT SEND YOU INTO
GIBBERING PARALYSIS.

Anthony Bourdain (1956–2018)

무슨 일이 있어도 제정신을
차리고 있어야 한다. 당신의 공간을
열차 충돌 사고 현장처럼 만들면
안 된다. 냉철한 전문가처럼 작업의
우선순위를 정하는 법을 배워야 한다.
그래야 마지막 플레이팅을 하거나
음식을 서빙할 때 횡설수설하며
몸이 얼어붙어버리는 걸 막을 수 있다.

앤서니 보댕(1956-2018)

Watching an organized, disciplined, busy kitchen in full swing is a graceful thing, while the horror of watching a kitchen go down full flight is more like a B-grade Hollywood bloodfest.

Andrew McConnell (1969–)

잘 정리되고 규율 잡힌 주방이
한창 바쁘게 돌아가는 걸 보는 건
꽤 우아한 일이다. 반면 추락하는
비행기처럼 통제력을 잃어버린
주방을 보는 건 선혈이 낭자한
B급 할리우드 영화를 보는
것만큼이나 끔찍하다.

앤드루 맥커넬(1969-)

You know that old expression "It's not whether you win or lose; it's how you play the game." That line was definitely not coined by a chef. Because for a chef, it's only about whether or not you pull through. If you fail, nobody cares how hard you tried.

Marcus Samuelsson (1971–)

옛말에 이런 말이 있다.
"이기고 지느냐가 중요한 게
아니라 게임을 어떻게
플레이하느냐가 중요하다."
이 말을 한 사람은 절대 셰프는
아닐 것이다. 왜냐하면 셰프의
세계에선 결과가 중요하기 때문이다.
만약 실패한다면 당신이 얼마나
노력했는지는 아무도 신경 쓰지 않는다.

마커스 사무엘슨(1971-)

I am well aware that a chef is only as good as his last meal.

Gordon Ramsay (1966–)

나는 잘 알고 있다.
셰프는 그가 만든
마지막 요리만큼만
잘할 뿐이라는 걸.

고든 램지(1966-)

The difference between
what is good, very good,
and exceptional can be found
in repetition. A chef must
master the basics before he can
create something that is truly
exceptional, and the only way
to master something is to
repeat the process many times,
honing your skills and making
slight changes to your methods
until you have reached your
own version of perfection.

Alex Atala (*1968–)*

좋은 것과 아주 좋은 것,
그리고 탁월한 것의 차이는
반복에서 비롯된다. 셰프라면
진정 탁월한 무언가를 만들기 전에
기본기에 숙달해야 한다. 무언가에
숙달하는 유일한 방법은 기술을 연마하고,
방법에 변화를 주며 자신만의 완벽한 버전에
도달할 때까지 수없이 반복하는 것이다.

알렉스 아탈라(1968-)

I COOKED SCALLOPS
THE OTHER NIGHT,
MAYBE FIFTY TIMES,
AND EACH TIME
IT WAS DIFFERENT.
THERE WAS PROBABLY
ONE PERSON THERE
AT THE END THAT
GOT THE PERFECT
SCALLOP DISH.

Alice Waters (1944–)

지난밤에 가리비 요리를 한 50번쯤
했는데 할 때마다 조금씩 달랐다.
아마도 마지막에 완벽한 가리비 요리를
받은 사람이 한 명 정도는 있었을 것이다.

앨리스 워터스(1944-)

I used to pass my sauces through a food mill. Fuck that! Some food is too labor-intensive.

Einat Admony (1971–)

나는 소스를 만들 때 믹서를 사용하곤 했다.
젠장! 어떤 음식들은 손이 너무 많이 간다고.

에이낫 아드모니(1971-)

I HAVE A RULE IN MY
KITCHEN THAT IF IT TAKES
TOO LONG, IT'S NOT
WORTH DOING. WE ARE
FEEDING PEOPLE. YOU CAN'T
AFFORD TO SPEND TOO
MUCH TIME ON THE PLATE.

Nico Ladenis *(1934–)*

내 주방에서는
시간이 너무 오래 걸리면
할 가치가 없다는 규칙이 있다.
우리는 사람들을 먹일 음식을 만든다.
한 접시를 만드는 데 너무 오랜
시간을 쏟아부을 여유는 없다.

니코 라데니스(1934-)

As a chef you are likely to
feel a lot of pressure, working
from early morning to late
at night and not really getting
paid for it, but you keep doing
it because you love it. You
feel nobody understands you,
and tattoos are one of the ways
you try and communicate
with the world outside, saying
"I'm a chef. I'm a badass!"

Kobe Desramaults *(1980–)*

셰프로서 당신은 압박감 속에
이른 아침부터 밤늦게까지 일하고
돈도 별로 벌지 못하지만, 그 일을
사랑하기 때문에 계속할 것이다.
아무도 당신을 이해하지 못한다고
느끼고, "나는 개쩌는 셰프야!"라고
말하는 문신까지 새겨가며
바깥세상과 소통하려 애쓸 것이다.

코브 데스라멀츠(1980-)

When I am working in the kitchen, I never wear a toque.... It is something I find slightly pretentious....I feel the same way over the more recent custom of embroidering chefs' names on their jackets....
I find it ridiculous and more than unnecessary to have my own name written on me as though I were a packet of cheese.

Pierre Koffmann (1948–)

나는 주방에서 일할 때 절대로
주방장 모자를 쓰지 않는다.
가식처럼 느껴지기 때문이다.
셰프 재킷에 이름을 새기는
요즘의 관행에 대해서도 마찬가지다.
무슨 치즈 포장지도 아니고
자기 옷에 이름이 쓰여 있는 건
웃기는 일이고 불필요하다고 본다.

피에르 코프만(1948-)

I worry that once you get known for one thing, you're never really allowed to try another.

Alex Stupak *(1980–)*

일단 한 가지로 유명해지면
다른 걸 시도하는 게
허용되지 않을까 우려된다.

알렉스 스투팩(1980~)

Once you've got three stars, there's no turning back. You've just got to keep going.

Juan Mari Arzak *(1942–)*

별을 세 개 받으면 돌이킬 수 없다.
그냥 계속 가야만 한다.

후안 마리 아르작(1942-)

I myself learned to cook
so beautifully in Sicily
that I sometimes make the
dinner guests gnaw on
the cookpot because they
like the food so much.

Cook in The All-Night Festival, by the Greek comic
playwright Alexis (ca. 350 BC)

나는 시칠리아에서 끝내주게
요리하는 법을 스스로 터득했다.
얼마나 맛이 좋은지 가끔
저녁 손님들이 냄비 바닥까지
싹싹 긁어 먹을 정도다.

그리스 희극작가
알렉시스가 쓴 「밤샘 축제」 속
요리사(기원전 350년경)

VANITY IS AN ESTABLISHED TRADITION AMONG COOKS.

Michael Roberts (1949–2005)

허영심은
요리사들 사이에서
확립된 전통이다.

마이클 로버츠(1949-2005)

EVERY CHEF HAS
A LOVE-HATE DISH,
THE DISH THAT MADE
IT INTO THE FIRST
REVIEW, THE ONE THAT
CUSTOMERS CALL
AHEAD FOR, THE DISH,
THEREFORE, THE CHEF
WILL NEVER BE ABLE
TO TAKE OFF THE MENU.

Suzanne Goin (1966–)

모든 셰프에게는 애증의 요리가 있다.
첫 번째 리뷰에 실린 시그니처 요리라던지
손님들이 사전에 요청하는 요리를
메뉴에서 빼버리기란 결코 쉽지 않다.

수잔느 고인(1966-)

There's something kind of satisfying in killing a dish that's really popular. Not because it's sadistic, but because I got that to be as good as I'm interested in its being, and keeping things on the menu that are giving you a hard time or that are more problematic or that you aren't completely happy with gives you another chance to make it better every day. But once you have it to a place that you really, really love it, cooking it becomes pretty boring.

Andrea Reusing (1968–)

정말로 인기 있는 요리를 메뉴에서
빼버리는 데엔 일종의 만족감 같은 게 있다.
새디스트라서가 아니라, 그 요리에 관심을
쏟은 만큼 좋은 결과를 이미 얻었기 때문이다.
만드는 데 힘이 들고, 문제가 많고, 만들 때
행복해지지 않는 요리가 메뉴에 있다는 건
매일 더 나은 요리를 만들 기회가 있다는
것과 같다. 너무 마음에 들게 맛있게 만든
요리는 만드는 데 금방 지루해진다.

안드레아 루싱(1968-)

I mean, *who* understands them— food critics? I don't.

Nico Ladenis (1934–)

대체 누가 음식 비평가들 따위를
이해할 수 있을까?
나는 못한다.

니코 라데니스(1934-)

The critic is important, but you know what's also important? The lady sitting next to the critic who might tell her friends or come back next week.

Peter Hoffman (1956–)

비평가도 중요하지만
무엇이 더 중요한 줄 알아?
비평가 옆에 앉은 여자야.
친구들에게 입소문을 내거나
다음 주에 또 올 수도 있거든.

피터 호프만(1956-)

THERE IS NOTHING MORE
TEDIOUS THAN AN EVENING
SPENT DISCUSSING EVERY
DISH EATEN IN MINUTE DETAIL.
"OH, DAPHNE, HOW DID
YOU MANAGE TO INSERT
THOSE CARROTS IN YOUR
HOLLOWED-OUT ZUCCHINI?"

Simon Hopkinson (1954–)

끼니마다 시시콜콜 음식에 관해
이야기하는 것보다 지루한 건 없다.
"오, 다프네. 어떻게 움푹 패인
애호박에 당근을 집어넣은 거죠?"

사이먼 홉킨스(1954-)

We make fucking food. We aren't saving people's lives here.

Sat Bains (1971–)

우리는 그저 음식을 만들 뿐이지.
사람을 살리려고 여기 있는 게 아냐.

샛 베인스(1971-)

Chefs are not supposed to be celebrities! We smell bad, we're adrenaline junkies, and we have strange social habits!

Patricia Yeo (1959–)

세프들은 절대 유명인이
되어선 안 된다!
우린 냄새도 고약하고,
아드레날린 중독자인
데다가 하는 짓도
이상하다.

패트리샤 여(1959-)

IT'S BETTER TO BE CALLED A CUNT THAN BE IGNORED.

Marco Pierre White (1961–)

무시당하느니
차라리 개자식이라고
불리는 게 낫다.

마르코 피에르 화이트(1961-)

Sometimes
I feel like
I am an animal
in a zoo
and I need to
hide out in
the kitchen.

Frank Stitt (1954–)

가끔 나는 동물원 안에 있는
동물이 된 것 같은 기분이 들고
주방으로 얼른 숨고 싶어진다.

프랭크 스팃(1954-)

I didn't have a strong sense of belonging in the world, but I found that in the kitchen.

Richard Blais (1972–)

나는 어디에서든
강한 소속감을 갖지
못했지만,
그것을 찾았다.
바로 주방에서.

리처드 브레이스(1972-)

THIS IS THE
GREAT CHALLENGE: TO
MAINTAIN PASSION FOR
THE EVERYDAY ROUTINE
AND THE ENDLESSLY
REPEATED ACT, TO
DERIVE
DEEP GRATIFICATION
FROM THE MUNDANE.

Thomas Keller (1955–)

매일의 일상과 끝없이 반복되는
일에 대해 열정을 계속 유지하는 것,
평범함 속에서도 깊은 만족감을 얻는 것.
이것이 가장 큰 과제다.

토머스 켈러(1955-)

When your timing
is right, your vision
narrows. Time collapses,
and you exist in an
eternal now with no
past and no future.
It may just be a kitchen,
but when our timing
is right, we transcend
time and space.

Amanda Cohen (1975–)

타이밍이 맞아떨어질 때,
당신의 목표는 분명해진다.
시간 개념은 무너지고,
과거도 미래도 없는 영원한
지금 이순간에 존재하게 된다.
단순한 부엌일지 몰라도,
타이밍이 맞을 때 우리는
시공간을 초월한다.

아만다 코언(1975-)

CLEAN PLATES DON'T LIE.

Dan Barber (1969–)

깨끗이 비워진 접시는
거짓말을 하지 않는다.

댄 바버(1969-)

이 책에 인용된 셰프들과 최종 리스트에 들지는 못했지만 영리하고 예리하며 재미있는 말을 남긴 다른 모든 전문가들에게 감사의 인사를 전합니다. 레스토랑 비즈니스는 사람들의 열정을 이끌어내는 일입니다. 우리는 이 책에 수록된 것보다 더 많은 훌륭한 명언을 발견할 수 있었습니다. 책의 분량으로 인해 무엇을 제외해야 할지 선택하는 게 어려웠을 뿐, 고려해야 할 내용을 찾는 건 어렵지 않았습니다.

키친 아트&레터의 유능한 동료인 헬렌 존스턴과 제니퍼 휴즈는 책에 실릴 만한 인물을 제안하고, 글감을 수집하고 사려 깊은 통찰력을 제공하는 데 큰 도움을 주었습니다. 매우 유용한 리서치를 제공한 마론 왁스만에게도 감사를 전합니다. 이 프로젝트를 위해 프린스턴 아키텍처 프레스와 연결시켜준 롭 쉐퍼에게도 감사드립니다. 전직 편집자 두 명과 함께 인내심을 갖고 글을 어떻게 구성할지 능숙하게 제안해준 사라 베이더에게도 감사를 표하고 싶습니다. 사라 스테멘은 최종 컷과 각 스프레드에 대한 인용구를 맞추는 동안에도 꾸준한 끈기를 보여주었습니다. 그리고 수년에 걸쳐 독립 서점이 멸종 위기에 처한 지금, 저희 매장을 지지해주신 고객 여러분께도 감사드립니다. 단골 고객들의 지지가 없었다면 이 특별한 시장에서 30년이 넘게 살아남을 수 없었을 것입니다. 그분들에게 정말 감사합니다.

나흐 왁스만, 매트 사트웰

이 일을 하고 있지만 가끔 요리하는 일이 마법처럼 느껴질 때가 있다. 평범하기 그지없는 식재료가 몇 번의 조리 과정을 거치면 놀랄 만한 음식으로 변모하다니. 과학이 등장하기 전 중세 유럽인들은 이해할 수 없는 현상을 마법이라고 불렀다. 요리에 대한 이해가 없다면 분명 마법과도 같은 일이다. 어떤 음식은 사람의 기분을 한순간에 바꿔놓는 마력을 갖고 있다. 단지 음식일 뿐이지만 깊은 황홀함과 만족감을 선사해주기도 하고 무의식 속 깊은 곳에 있던 어떤 추억을 상기시켜주기도 한다. 정성껏 요리해 내어놓은 음식을 한 입 베어 물고 만족스러워하는 손님을 볼 때면 마법을 보여주고 어깨를 으쓱하는 마법사처럼 내가 하고 있는 일이 꽤 멋진 일처럼 느껴진다.

하지만 현실에선 늘 꿈 같은 일만 있진 않다. 늘 뜨겁고 위험이 도사리고 있는 곳이 바로 주방이다. 정신을 차리고 있지 않으면 어떤 사고가 날지 모른다. 동료들과 합이 기가 막히게 잘 맞아떨어지는 날이 있는 반면 그렇지 않은 날은 음식도 기분도 죄다 엉망진창이 돼버린다. 음식과 서비스의 퀄리티는 늘 일정 수준 이상을 유지해야 하지만 사람의 컨디션과 환경은 늘 변하기 마련이다. 마음대로 되지 않아서 뭘 해도 안 풀리는 그런 날이 있다. 기대감을 품고 오는 손님들을 실망시키면 안 된다는 압박감은 매일매일 주방 구성원의 어깨를 짓누른다. 주방 밖에서 벌어지는 일도 만만치 않다. 음식과 요리를 이해하고 즐겨주는 멋진 손님을 만나는 날이면 처음 칭찬받은 어린아이처럼 들뜨기도 하지만, 시종일관 인상을 찌푸리며 무언가 맘에 들지 않는다는 표정을 짓는 손님을 만나거나 대놓고 불만을 표하는 손님과 마주하면 이제껏 해온 모든 것이 무너져내리는 것 같은 깊은 절망감을 맛보기도 한다. 여기에 식당을 운영해야 하는 오너의 역할까지 해야 한다면 드넓은 사막에서 마른 모래를 씹어가며 한 발 한 발 떼는 심정으로 일의 무게를 감당해야 하는 게 또 이 일이다.

한때 멋지고 화려한 셰프를 보며 요리하는 일을 동경했다. 늦게나마 주방에서 일을 배우고 어쩌다 보니 오너 셰프가 되어 매일을 버티다 보니 알게 됐다. 왜 셰프들은 늘 성질이 고약하고 괴팍한지를 말이다. 요리하는 일이 주는 마법 같은 즐거움은 매일 찾아오는 스트레스와 압박감과 함께 매번 아슬아슬한 줄다리기를 하고 있었다. 그러다 이 책을 만났다. 등장하는 셰프들의 수많은 어록을 보며 위로를 받기도 하고, 때로는 통쾌한 공감을 느꼈다. 온갖 어려움에도 불구하고 내가 왜 이 일을 선택하고 또 하고 있는지에 대한 이유를 새삼 생각해보게 됐다. 마치 만나보지 못한 수많은 멘토들이 어깨를 툭툭 치며 '괜찮아, 힘내!'란 격려를 해주는 기분이랄까.

요리를 하고 있거나 하고 싶은 이들이라면 셰프들의 말이 흥미롭게

느껴질 것이다. 아마도 "만약 요리하는 걸 진심으로 좋아하고 언젠가
자신만의 식당을 열고 싶다고 생각한다면 내가 해줄 조언이 있다. 절대
식당은 차리지 마라"라고 이야기한 찰스 판의 조언을 일찌감치 접했다면
어땠을까 싶으면서도 "화상을 입고, 고함을 치고, 이른 아침부터 늦은
밤까지 진상 고객과 스트레스, 편집증, 헛소리에 시달리며 하루 16시간,
주당 7일, 9주 연속으로 일을 하는데 수당은 낮고, 이직은 잦은 이런 일을
왜 하냐고? 그건 훌륭한 직원들과 행복해하는 단골 고객, 새로운 맛과
아이디어, 단순함과 복잡함, 아드레날린, 그리고 성취감 때문이지"라고
얘기하는 톰 커리지의 말에서 고개를 격하게 끄덕일 것이다. 손수 식당을
운영하고 자신의 음식을 어떻게 평가할지 모르는 불특정 다수에게
선보인다는 건 집에서 혼자 요리해서 친구들과 함께하거나 누군가의
밑에서 단순히 시키는 일만 할 때와는 전혀 다른 문제다. 가브리엘
해밀턴의 말처럼 "잠옷 차림으로 집에 앉아 온라인 카드 게임을 하는
것과 포커 세계 대회에 나가 게임을 하는 정도의 차이"라고 보면 쉽겠다.

　　화려한 플레이팅을 뽐내는 음식을 보며 누군가는 요리사를
예술가에 비유하기도 한다. 하지만 이 일을 하고 있는 그 누구도 자신이
예술가란 생각을 하진 않을 것이다. 요리사란 자신만의 세계에서 혼자
고고하게 결과물을 만들어내는 예술가라기보다 반복해서 허기진 고객을

만족시켜야 하는 과업을 짊어진 시지프스와 가까운 존재다. 그렇기에 조르주 블랑이 지적한 것처럼 요리사는 평생 견습생처럼 무언가 배우고 성취해나가야 하는 직업이다. 만약 당신이 요리사라면, 요리사가 아니더라도 자신이 짊어진 일을 해나가야 하는 사람이라면 토머스 켈러의 이 한마디가 마음을 움직일지도 모른다. "매일의 일상과 끝없이 반복되는 일에 대해 열정을 계속 유지하는 것, 평범함 속에서도 깊은 만족감을 얻는 것. 이것이 가장 큰 과제다."

자신을 위해 최선을 다해 일하지만 정작 그 끝은 누군가를 기쁘게 만족시키는 일이란 얼마나 슬프고 아름다운 일인지. 지금 이 순간도 주방에서 땀 흘리며 분투하는 동료 요리사들과 셰프들에게 이 책을 바치고 싶다.

장준우

IF I STOP COOKING, I'LL DIE.

Michel Bras (1946–)

요리를 그만둘 바에는 죽는 게 낫다.

미셸 브라(1946-)

요리를 한다는 것

초판 1쇄 2023년 8월 18일

엮음 나흐 왁스만, 매트 사트웰 | **편집기획** 북지육림 | **디자인** 박진범 | **제작** 명지북프린팅

펴낸곳 지노 | **펴낸이** 도진호, 조소진 | **출판신고** 2018년 4월 4일

주소 경기도 고양시 일산서구 강선로49, 911호

전화 070-4156-7770 | **팩스** 031-629-6577 | **이메일** jinopress@gmail.com

ⓒ 지노, 2023
ISBN 979-11-90282-75-8 (03800)